숲 그늘 아래에서

숲 그늘 아래에서

발행일   2022년 11월 18일

지은이   정균근, 신종길, 조권연, 김성춘, 서용익, 김재덕, 김혜순 공저
펴낸이   손형국   감수   강석환, 서목영, 조용호
펴낸곳   (주)북랩
편집인   선일영   편집   정두철, 배진용, 김현아, 류휘석, 김가람
디자인   이현수, 김민하, 김영주, 안유경   제작   박기성, 황동현, 구성우, 권태련
마케팅   김회란, 박진관
출판등록   2004. 12. 1(제2012-000051호)
주소   서울특별시 금천구 가산디지털 1로 168, 우림라이온스밸리 B동 B113~114호, C동 B101호
홈페이지   www.book.co.kr
전화번호   (02)2026-5777   팩스   (02)3159-9637

ISBN   979-11-6836-588-9 03810 (종이책)   979-11-6836-589-6 05810 (전자책)

(주)북랩 성공출판의 파트너
북랩 홈페이지와 패밀리 사이트에서 다양한 출판 솔루션을 만나 보세요!
홈페이지 book.co.kr   •   블로그 blog.naver.com/essaybook   •   출판문의 book@book.co.kr

작가 연락처 문의 ▶ ask.book.co.kr
작가 연락처는 개인정보이므로 북랩에서 알려드릴 수 없습니다.

숲 그늘 아래에서

정균근 신종길 조권연 김성춘 서용익 김재덕 김혜순

북랩

황량한 구릉이 어린 풀들로 일어나고, 그 속에서 생성되는 맑은 공기와 이슬을 먹으며 온갖 색상의 꽃들이 피어납니다. 너무 거칠어서 생명이 자리하기 힘든 곳에는 바위가 들어앉습니다.

비바람을 잠재우고 뜨거운 태양을 적당히 가리는 나무들은 서로 뿌리를 교환하고 가지를 건네며 오롯한 산길로 사람들을 초대합니다.

삶에 지친 사람들은 숲속 길을 걸으며 자신의 인생을 위로하고 새로운 희망을 꿈꾸며 다시 생의 현장으로 복귀합니다.

숲은 제각각의 모습으로 존재합니다.

숲은 저마다의 감성을 더불어 나누는 공간입니다.

목
차

발간사 •05

정균근

우리들 가슴에 그윽한 향기가 •12
친구여 •14
이 슬픔 어디에 •17
슬픈 행복 •18
내 안에 피는 꽃 •20
새봄의 단편 •22
그리운 친구들 •24
코로나 강을 건너 새날을 기다리며 •26
친구야 •28
네 이름을 •30
옥당인 •32
친구가 있어 행복합니다 •34
우정 •36
좋아 네가 •39

신
종
길

간절함에 대하여　　　　　　　•44

경희와 경청　　　　　　　　　•45

메시지　　　　　　　　　　　•46

그러니 조금은 비관해도 돼　　•48

그렇게 사는 거야　　　　　　•49

신세를 지다, 봄에게　　　　　•50

아직도 먼 길이건만　　　　　•51

저 너머　　　　　　　　　　•52

12월에 1년을 담다　　　　　　•54

뱀의 허리로 강을 건너다　　　•56

조
권
연

과도기　　　　　　　　　　　•60

심연　　　　　　　　　　　　•63

약속　　　　　　　　　　　　•64

나의 오월　　　　　　　　　•66

손수건　　　　　　　　　　　•68

촛불　　　　　　　　　　　　•70

미완성　　　　　　　　　　　•72

그림　　　　　　　　　　　　•75

길을 묻다　　　　　　　　　•76

김성춘

관점 •80

원동력 •81

내 인생의 주인 •82

정치 입문 •84

바람과 파도 •88

비석 앞에 서다 •89

모내기 •90

새가 날아든다 •92

멧돼지 사냥 •94

서용익

이사 •98

직장인 •99

새벽길 1 •100

바보 •102

새벽길 2 •104

꿈 •106

찬가 •108

술술술술 •110

새벽길 3 •112

여든의 여인 •115

짧지만 긴 여행 •116

김
재
덕

쓴맛, 단맛 •124

성장판 •132

모닥불 •137

파리와 껌, 그리고 앵글모서리 •144

감정은 피보다 진하다 •147

인연 •154

김
혜
순

내가 그리는 세상 •162

정균근

우리들 가슴에 그윽한 향기가

친구여

이 슬픔 어디에

슬픈 행복

내 안에 피는 꽃

새봄의 단편

그리운 친구들

코로나 강을 건너 새날을 기다리며

친구야

네 이름을

옥당인

친구가 있어 행복합니다

우정

좋아 네가

우리들 가슴에 그윽한 향기가

아직 그리움이 남아
백양나무 사이 길을
걷습니다
귓가에 스치는 차가운
바람도
어느 시원에서 보내준
따뜻한 선물이겠죠

한 해, 두 해
세밑을 보내던 우리들의
꿈이
빛나는 가을을
가져왔습니다
봉사와 헌신, 인내의
시공時空 속에서

얼마나 가슴 졸이며
기다렸나요

오늘도 고향의 들판은
고즈넉한 햇살에 묻혀
삽니다
보고픈 얼굴들이
앞다투어 말뚝박기를
일삼던 추억의 그림자가
스치고 지나면
내 가슴 저 깊은 곳으로부터
노오란 감꽃이
피어납니다
보석보다 더 소중한 당신
이제
사계평 황금들판의 풍요를
안고
가슴에 그윽한 향기를
안고
청량한 햇살 따라 힘차게 나가자구요

정균근

친구여

친구여
흔들리던 지난날
가난한 내 가슴에 잔잔한
시심詩心을 심어준
친구

먼 나라의 풍경처럼
반짝이는 작은 별을
데려다준 친구

친구는
가시처럼 시린 서울의
거리에서
묵묵히 내 등을 안아준
사람입니다

친구는
아무도 나의 배달통을
쳐다보지 않았을 때
내 오토바이 소리에 귀
기울이며
넘어지지 않기를 간절히
기도한 사람입니다

헤어 나올 수 없는
내 운명의 창살에서
그리하여, 좌절의
벼랑 끝에
마주했을 때
친구는
포장마차 불빛 아래서
술 한 잔 가득 채워주던
고마운 사람입니다

내가 친구를 좋아하는 것보다
더 많이 나를 좋아해 주고

정균근

내가 친구를 기다리기 전에
이미 나를 기다려준 소중한 친구

진정 친구처럼 따뜻한 사람이고
싶습니다

숲 그늘 아래에서

이 슬픔 어디에

이밥 꽃을 바라보며
변함없이 흐르는 강물을 바라보며
내가 할 수 있는 말은
우리는 잠깐 헤어졌니?
우리가 서로 먼 길을 떠나왔니?
하얗던 너의 손, 이마, 귀와 볼
따뜻하게 젖곤 하던 너의 슬픈 눈
강물에 가로막혀 소식조차 모르는데
목 놓아 불러보면 대답이나 들려줄까
밤새워 뒤척이며 네게 하고 싶은 말은
내일도 잊지 않고
사랑해 사랑해 사랑해

슬픈 행복

친구야
해안도로 전망대에서
칠산 바다의 석양을
바라보았어

얼마나 곱고 은은한지
어린 시절, 내 손을 따뜻이
잡아주던 너의 마음
같았어

가난한 내 도시락에
달걀찜을 슬며시
얹어주던
너의 사랑이
노을 속에서 선명하게

되살아나고 있었어

키 작다고 놀려댈 때나
배구 시합 때마다
응원만 하는 나를
너는 따뜻이 안아주었지

친구야
내 마음속에 새겨진 너의
사랑은
가끔은 슬픈 행복이었어

어둡고 아픈 길 걷던 네
얼굴에
환한 웃음꽃이 피어나길
그리고
우리 참사랑으로 다시
태어나길

지금부터 내가 기도할게

정균근

내 안에 피는 꽃

길섶 접시꽃
햇살에 기대면
보랏빛 해맑게
깨어납니다

당신을 위하여
눈물을 흘리면
포근한 행복이
피어납니다

죽기 살기 세상살이
문밖에 말하지 못한
내 설운 이야기를
포근히 안아주는 그대
내 마음 밑바닥

눈물의 길에서
촉촉한 숨소리로
위로해주며
토닥여 주던 그대

여위어가는 세월에
따사한 손 내밀어주는 이
그 이름 당신이라는 꽃
내 안에 피어나는

새봄의 단편

잣눈 속 봄빛 살피다가
연둣빛 숨소리 엿듣다가
백수 해안도로 휘휘
돌다 보면
뜬금없이
술 잘 곁들던 친구 생각이
나서

백수 뻘낙지
탕탕, 조사놓고
채전 밭 봄동
겉절이 무쳐놓고
대마 냉막걸리 사다가
숨죽여
한잔할 친구를 기다리며

숲 그늘 아래에서

창밖 인기척 살피지만

먼 곳, 너는 소식도 없고

싱그런 햇살만 은근슬쩍
홍매화 앞가슴에
걸터앉아
애리애리 앳된 애무를
하는
도란도란 다복한
봄날이면

시 같은 너
보고 싶은 것이다
고향 같은 웃음소리
듣고 싶은 것이다

그리운 친구들

그리운 친구들은 흩어져
있고
나는 오늘도
철가방 등에 지고
거리를 질주하네
어제의 눈보라는
어디론가 떠나고
촉촉한 물기가 연둣빛
봄을 재촉하는 날
간혹 ○○초등학교 옆을
지나다 보면
솜사탕 나눠 빨던 친구
몇이 다가와 주지만
보고픈 친구들은 모두
객지를 떠돌고

나는 오늘도

바닷바람이 그리운

조기 떼처럼

마음은 쉼 없이 고향으로

내달리네

코로나 강을 건너 새날을 기다리며

긴 밤이 차창 밖으로
송곳처럼 지나간다

지금은 모두 춥고 낯선 곳

어디에도 갈 수 없고
아무도 만날 수 없는
시간들

한 끼의 식사로
하루를 건너던 행려의
눈빛과

따뜻한 이불 대신
찬바람을 덮고 자는
절망의 발목에

따뜻한 말 한마디
섞을 수 있다고
생각했는데

눈먼 내 위로는
사방에서 밀려오는
아픔들이 목에 걸린다

언제나
보고픈 사람아

비대면의 거리를 벗어나
우리들 맨얼굴이
보고 잡다

눈 내린 포장마차에서
간절한 마음으로 소주 한잔
취하고 싶다

내 곁에 네가 있어
항상 따듯했던 그날처럼

정균근   27

친구야

올해도
내 곁에 당신이 있어 행복합니다
비록
마스크에 가려져
보고 싶단 말은 멀리 있어도

당신의
눈빛만으로도
항상 따뜻한 가슴으로 살아갈 수 있습니다

전염병으로
어둡고 질펀한 이 도시에서
우리는 미래의 나를 모르고 살아가지만
마스크를 벗는 내일이 오면
눈 덮인 사계평 논둑길을 걸었으면 좋겠습니다

숲 그늘 아래에서

백수해안도로 노을과 소주 한 잔 나누고 싶습니다

힘든 시간 건너온 당신과 함께

정균근

네 이름을

내 생의 중심에서
너를 보낸다

창살 없는 새장에서
마른기침 날리며

힘겨운 네 눈꺼풀 속
휑뎅그렁한 눈동자가
빛나는 저 별을 바라보고

이승의 한 구석지에
헌 운동화 한 짝 벗어던지고
너는 어느 별에서
모쪼록 너의 이름을 부르고 있느냐

숲 그늘 아래에서

네 이름의 아팠던 기억들
모스크의 별빛에 묻고
나면
가난한 내 시는
또 어느 국경을 넘을 것인가

순수의 구름이
끝없이 펼쳐지는데

옥당인

지하철을 갈아타야 한다

고향을 두고 온 우리는
순간의 해찰 없이
기다려줄 인적 하나 없는
버겁고 가난한 종착역을
향해
옥당인[1]의 발걸음으로
걸어가야 한다

더는 머물지 못하고
밤을 건너온 우리
작고 허름한 산동네에

---

1) 옥당인: 영광골 사람들

　　　　　　　　　　　　　숲 그늘 아래에서

터 잡은 우리

깊은 한숨 토해내던
들녘에
논두렁을 베고 누운
아버지의 함평천지 늙은
몸이
황금빛 노을로 물드는 날

물안개 일렁이는
사계평을 남겨둔,
질긴 옥당인들이
만나고 헤어지는
용산역, 서울역에서
이방인이었던 우리는
오늘도
지하철을 갈아타야 한다

가을의 풍요로움을 안고
고향의 어머니를 그리며

정균근

친구가 있어 행복합니다

연두색 고운 미소가
참 좋았습니다
친구의….

때로는 외로운
골목길 비켜 나와
자운영 꽃 넘실대는 사계평 들판을
샛노란 개나리 닮은
친구와 함께 거닐면
늘 행복했습니다

꽁보리 섞인 도시락 뚜껑을 열고
묵은 지 하나에 창피도 슬쩍 섞어
감탕지게 밥 덩이를 오물거릴 때
멸치볶음 달걀 프라이를

건네주던 친구
그때 그 따뜻한 향기가
오늘도 나를 취하게 합니다

거친 파도 헤쳐나와
근심 걱정 내려놓은 친구
함박눈이 퐁퐁 내려
유리창에 눈꽃 수 펼쳐주고
풍금 소리가 퉁퉁 구르면
우리들의 교정으로 달려가고 싶습니다

우정

나는 우리들 사이에서
김치 냄새가 나면 좋겠다
풋김치처럼 풋내가 나지
않는
거칠어진 손으로 한 폭
한 가닥 정성을 담던
어머니의 사랑 같은
오래 묵을수록 감칠맛 나는

나는 우리들 사이가
묵은지 같았으면 좋겠다

일상이 톱니바퀴처럼
빽빽한 불면不眠
피로에 달구어진

　　　　　　　　　　　　숲 그늘 아래에서

아스팔트 위를

새벽을 여는 바람의

부지런함으로

오르고 싶은 꿈의 세계로

오로지 천방지축 달려온

우리!

고상한 내가 아니었으나

높이 올라선 나무도 아니었으나

따뜻한 커피잔을

만지작거리며

은은한 네 눈동자 한 번

쳐다보지 못한

아직 철들지 않은 단풍 같았으니

이제

우리 사는 후미진 곳에서

시린 시간들 끌어안고 아파하는

친구 하나 곁드는 사랑

섥고 차가웠던 완행열차

정균근

입석에서처럼

가끔 소리 없이 울어줄 수 있는

나는 우리들 사이에서

사랑 냄새가 나면 좋겠다

숲 그늘 아래에서

좋아 네가

영광이라는 말이 좋아

옥당골이라고 말하는
네가 더 좋아

아이처럼 들떠 고향 집을
찾는
우리가 참 좋아

저녁노을은 언제나
분홍빛으로 기다린다고
첫눈이 내리면 네 생각이
간절하다고
지금 당장이라도
만나자고

손 버튼 누른 네가 더
좋아

모란시장 귀퉁이에서
남대문시장 좌판대에서
오를수록 높아지던
슬픔과 아픔들

얼마나 더 슬퍼해야
고통의 끝을
만날 수가 있을까
얼마나 더 슬퍼해야
희망의 끈을
붙잡을 수 있을까
우리가 매일 넘었던
후미진 고갯길과 가쁜 숨결들

근데 우리 있지?
다 건너왔잖아
모두 건너왔잖아

숲 그늘 아래에서

여기 이렇게

좋아 네가
우린 영원한 친구니까

신종길

간절함에 대하여

경희와 경청

메시지

그러니 조금은 비관해도 돼

그렇게 사는 거야

신세를 지다, 봄에게

아직도 먼 길이건만

저 너머

12월에 1년을 담다

뱀의 허리로 강을 건너다

간절함에 대하여

그리운 사람은
눈을 감아야 더 잘 보인다
보고픈 사람의 목소리는
귀를 막아야 더 잘 들린다

숲 그늘 아래에서

경희와 경청

경희(傾戱)라는 말이 있다
경희는 기울어지는 해라는 뜻이다
하루의 해가 진다는 낙일(落日)이기도 하고
일 년의 막바지라는 의미도 있다
낙조를 상상할 만도 하지만
나는
경청(傾聽)이라는 말을 떠올린다
경청은 귀를 기울인다는 뜻인데
새로운 해를 맞아
나에게 요구하는
여러 소리를 듣기 위해
마음을 열어놓는 것
경희의 내면에는 경청이 자리 잡고 있다

메시지

소식을 주고받지 않아도
항상 마음속에 자리 잡은
누군가가 있다
만나고 떠나보냈지만
늘 삶의 한편을 차지하는
그는 나에게
여름날 봉숭아로 온다
가을날 들국화로 온다
겨울날 눈꽃으로 온다
때로는
봄비로 내려앉고
언덕 너머 아지랑이로 너울댄다
온몸을 빗방울로 때리고
아궁이를 달구는 장작불로 탄다
꽃잔디의 씨 톨로 날리고

숲 그늘 아래에서

목구멍에

홍탁집의 막걸리 한잔

소주 한 방울이 된다

그러니 조금은 비관해도 돼

획 하나에 다르게 그려지는 얼굴

그것이 우리의 인생이다

태어날 때건

어른이 되어가는 동안에도

마지막 숨을 멈추기까지

이기적이고

잔인한 세월이다

숲 그늘 아래에서

그렇게 사는 거야

여행길에 나서는 내 모습을 꿈꾼다
실수투성이인 내 인생의 초라함을 위로하고 싶다
누구에게서 받는 게 아니라 내가 나를 어루만지고 싶다
오십을 바라보는 이 가을에 나는 너무 외롭다
하루에도 수없이
두려움으로 다가서는 미래를 계획하고
무너뜨리고
다시 설계한다

신세를 지다, 봄에게

꽃을 기다리는 봄이여
겨울의 헤어짐을 슬퍼하지 말라
오늘 쓸쓸히 들이켜는 한 잔 술에
소리 없이 새 향기 찾아들고
노란 꽃잎이
깨벗은 그대를 살포시
어루만져줄 것이니
봄이여 눈물을 닦게나
그 자국 위에 어느새
옛 상처를 감싸는 바람이
살랑거리지 않는가

숲 그늘 아래에서

아직도 먼 길이건만

인연은
소리 없이 왔다가
천지를 흔들며 떠나간다
청천벽력이고
가슴을 찢는 것이고
남아 있는 사람의 마음을
사막화시킨다

신종길

저 너머

잔잔한 수면

그 아래는 수많은 물길이 부딪히고

위는 지루하고요

평안하고요

행복하게만 느껴지지만

끊임없이 충돌해요

작은 감정들이

계기만 주어지면

언제 용솟음으로 돌변할지 몰라요

지혜는 이때 생기지요

평화롭게 노닐다가

전쟁 같은 삶으로 변할 때

모든 것을 박살 낼 것 같은 그 순간에

몸이 부서지고 정신이 피폐해지는 과정을

겪게 될 거예요

성숙한 모습으로 우뚝 설지 아니면

폭탄을 맞아 폐허가 될지는

그때 결정되는 거지요

12월에 1년을 담다

부유색 제주관(浮柳色 醍酒寬)

눈이화 백설향(嫩梨花 白雪香)

살랑이는 버들 빛은 맑은 술처럼 부드럽고

어린 배꽃은 흰 눈처럼 향기롭다

신종길

뱀의 허리로 강을 건너다

누구나 가슴에 강이 흐르고 있다
달빛 머금은 채 어깨를 떨기도 하고
햇살 가득 안은 은빛 비늘이기도 하다

역사의 강에는
얼마나 많은 물줄기가 있을까
물푸레나무를 뽑아낼 듯 솟구치고
잠시는 숨도 멎은 듯 고요하다
그러나
강 속에서는 쉬지 않고
물살이 부딪히고 있으니
그 속에 빠져보지 않고
헤엄쳐보지 않고
어찌 입으로만
강을 건널 수 있단 말인가

숲 그늘 아래에서

사람들은

강물에 발을 조금 적시고는

쉽게 말을 한다

깊을 것 같다고

건너기 힘들 것 같다고

시끌벅적한 손님들을 태우고서

오늘도 바람을 가르며

사공이 노를 젓는다

소리 없이 물 위를 나는 뱀의 허리처럼

신종길

조
권
연

과도기

심연

약속

나의 오월

손수건

촛불

미완성

그림

길을 묻다

과도기

산이 탄다

서리의 아픔을 딛고
다갈색으로 몸부림치는
산자락 아래로
알맹이를 거둔 후
가슴을 갈아엎는
논과 밭이 길게 누워 있다
언젠가는
새파랗게 솟아날 생명이
행여
칼바람에 찢길까
팔다리를 이리저리 얽은
두렁 끝에
아우가

콤바인에 잘린 손가락을
찾아 서성인다
바람이 모질다

땅이 울린다
이십 층 꼭대기에 달라붙은
아버지의 한 손엔 망치
한 다리로 가설 파이프를 감고
다른 다리는 받침대에 얹었다
나머지 한 손으로
옮겨 다니면서
삶과 죽음을 저울질한다
손이 미끄러질 때마다
땅이 흔들린다

비에 젖은 어깨가 무겁게
누이가 힘없이 돌아온 날 저녁
담벼락 너머로 새는
불빛마저 흐리다
이제는 나이도 찼으니

조권연

시집이나 가렴
스치듯 웃음을 베개로 삼아
다음 달은 보너스 타는 달인데
누이의 잠꼬대가
귀를 때린다

보라
들녘에도
공사장에도
꿈속에서도
하늘에 매달린 나뭇가지 사이로
봄을 껴안은 눈이 내린다

숲 그늘 아래에서

심연

사람이 항상 좋을 수는 없겠지
때로는 마음이 상해서 다투기도 하고
그러다가 화해도 하는 거지
유유히 흘러가는 평화로운 강은
가슴 시린 이야기도 안고 있으니까

조권연   63

약속

세상에 약속이란 게 없다면

발전이고 미래고 모두 개나발이지

지키지 못한 약속은

술주정의 한 토막 이야기일 뿐

불에 탄 바퀴벌레 가루만도 못해

그래서

약속은 밥 먹을 때도 쓰고

토할 때도 쓰는 입으로 하는 게 아냐

남을 고자질할 때도

양심을 팔 때도 동원되는 헛바닥으로 하는 게 아냐

약속은

한 번 가락지를 끼어 적의 목을 조이면

그 손가락 잘리어야 풀리고

분해서 피라도 뚝뚝 흘리는 것이어야 해

심장 속에 박혀서

내 사랑하는 이가
목숨을 원할 때 기꺼이
가슴 벌려 도려내야 눈에 보이는
없는 곳에서 더욱 빛나는 것
그것이 진정한 약속이지
나보다는 이웃을
구미에 맞는 몇몇보다는 모두를
단소리로 순간을 찬양하는 사람보다
쓴소리를 마다하지 않는 사람이
가까이서 듣는 온갖 유혹의 소리보다는
멀리 있어 더욱 간절한 외침을
보다 소중히 여기는 사람이
생명 같은 약속을 할 수 있지

조권연

나의 오월

항상 메마르지 않은 감성으로 산다는 것은
쉽지 않은 일이다
일상은 수많은 사건과 상황, 결말이 얽혀있다
그 과정에서 빚어지는 사람의 감정은
복잡하기 그지없다
배고프면 먹이를 찾아
어슬렁거리고
목표물을 발견하면
달려 나가 사냥감을 덮치는 사자와 달리
사람은 자신의 행동에 생각을 결부시킨다
생각은 감정을 유발하고
이내 사람만이 할 수 있는
지극히 적절한 방법으로 표출된다
오월의 나는
바로 이런 것들에 대한 사념에 포위되어 있다

숲 그늘 아래에서

모든 것을 오월의 논리에 구속시키는
이것은 아마도 살아있는 동안 변하기 힘들 것이다
오월은 찬란하지 않다
오월은 장미의 계절이 아니다
오월은 생동하는 청춘이 아니다
오월은 항상 푸르지 않다

오월은 퀭한 눈을 가지고 있다
오월은 백색의 꽃가루를 안고 있다
오월은 돌개바람이 분다
오월은 생명을 질타한다

손수건

울음 대신 수를 놓으세요

개판 세상을 향해 거침없이 내지르던

그 손짓으로 수를 놓으세요

가난을 딛고 이룬 출세의 길 뿌리치고

진격의 삶 한가운데로 달려가던

그 발걸음으로 수를 놓으세요

여기 놓인 손수건 위에 사자 갈기로 내려앉고

가까이든 멀리든 당신을 그리워하는

이념이 같든 틀리든 당신의 용기에 반해버린

모든 이의 마음에 수를 놓으세요

오래지 않아 손수건들이 만나면

바람보다 더 거세게 깃발로 펄럭일 것이니

언젠가 맞이할 운명은

살아 있어 부끄러운 우리에게 맡기고

지금은

숲 그늘 아래에서

알량한 지식 같은 것
비겁한 권력 같은 것
단숨에 날려버린 그 자유의지로
수를 놓으세요
눈물 대신 희망을 수 놓으세요

촛불

뜨거운 겨울이었다
수백만의 함성은 계절을 깨뜨렸다
촛불이 켜진 반도 남쪽은 모두가 광화문이었고
기존의 사고체계와
거기에 빌붙어 제 안위만을 도모하던
사이비 정치인
자유민주주의로 위장한 위법과 무질서
한 줌 권부를 호위하던
모리배들이
통째로 날아갔다
기득권의 뒷배, 자본의 검은 거래는
기회주의적 지식인의 사설은
기생언론의 가짜 보도는
그들이 얼굴을 내미는 순간 박살 났고
부패한 권력은

숲 그늘 아래에서

붕괴 직전이었다

그렇게

2016년 불같은 12월은

2017년을 잉태한 채

징검다리를 건너고 있었다

미완성

종교 지도자, 필요하지
사회제도로도 구제하지 못하는
영혼을 어루만질 때는
의사, 필요하지
꺼져가는 생명을 건지기 위해
죽을 각오로 치료에 임할 때는
언론인, 필요하지
정의의 길에서 비켜나지 않는
감시자일 때는
판사, 검사 필요하지
힘 있는 자들의 분탕질을
심판할 때는
기업인, 필요하지
공동체를 위한
경제활동을 할 때는

숲 그늘 아래에서

정치인, 필요하지

인간 세상의 보다 나은 미래를

설계할 때는

그런데

영혼을 돈으로 환산하는 성직자라면

집단이기주의에 눈이 뒤집혀

국민을 볼모로 삼는 의사라면

강자에게 아첨하고 적당히 겁박하여

삥이나 뜯는 언론인이라면

권력에 빌붙다가 나중에는

기생충 권력으로 추락하는 판검사라면

부의 세습을 위해서는 온갖 수단으로

사회질서를 파괴하는 기업인이라면

기득권을 지키기 위해

대중을 기만하고 협잡을 일삼는

정치 양아치라면

버려야지 모두

그들이 만든 시궁창에

다시 기어 나오겠지

발로 걷어차야지

숨이 끊어질 때까지 계속

언젠가는 기억 저편의

역사로 되겠지

숲 그늘 아래에서

그림

과거는 스스로 소환하지 않는다
내 욕심이 들어가니까
꾸밈의 유혹을 뿌리치기 어려워

혹여 그것이 타인에 의해 반상에 올려지면
가슴속에서 대화하고 가끔 고개만 끄덕인다
목소리는 소곤거리듯
눈은 지긋이
입은 침이 튀지 않게
손은 선율을 그리듯 유연하게

길을 묻다

누구나 강한 것은 아니다
또한 강한 자만이 이 세상에서
반드시 승리의 길을 가는 것도 아니다
모색하는 자
시도하는 자
끈기 있는 자만이
인생의 바다를 노 저어 갈 수 있다
그 배에 다른 사람도 함께 실어 갈 수 있다면
그는 천하를 누빌만한 사람이다
이리
정의해 놓아도
저절로 오지 않는다
찬란하게 장식될 미래는
스스로 이루어지지 않는다
모두가 납득할만한 세상은

숲 그늘 아래에서

그러니

낙관주의로 일관하라 늙은 청년이어

김성춘

관점
원동력
내 인생의 주인
정치 입문
바람과 파도
비석 앞에 서다
모내기
새가 날아든다
멧돼지 사냥

관점

시냇물이 모여 강물이 되고
강물이 만나 바다가 된다
나는
다른 이와 함께할 바다를 먼저 상상한다
그러면
바다로 진입하고픈 강물이 보이고
강은 여러 개의 시냇물을 포괄하고 있다
그때
그 작은 물길을 다스리는 데 필요한 것이 무엇인지
그 존재의 소박함에 빠져들 수 있을 것이다

숲 그늘 아래에서

원동력

차라리 죽자
아니
살아가 보자
둘은 결행하기 어렵지만
사실
종이 한 장 차이다
우리는 선택의 유보 때문에
삶을 지속하고 있다

김성춘

내 인생의 주인

일시적이긴 하지만

대체로 가짜들이

쉽게 힘을 갖는다

가짜들이 득세하면 변절자들이 고개를 내민다

탐욕으로 가득 찬 사기꾼들이 세상을 누더기로 만든다

망나니들은 칼춤을 춘다

진짜는 소심해진다

책임 있는 자들은 중간지대로 도망간다

청렴한 관리는 사라진다

문제는

악마들의 본색이

누군가의 희생을 통해서

드러난다는 것이다

그래서

화가 난다

허허벌판에서 두려움에 떨고 있는 천사들아
당신 인생의 주인은 누구요
한 번
외쳐 보시오

김성춘

정치 입문

홍시를 먹으며

열매를 제공한 감나무에게 고마워했다

그래서

어린 그는

까치가 먹게끔 몇 개 남겨 놓았다

밥을 먹으며

벼를 잉태한 땅에게 감사했다

그래서

어린 그는

소에게 여물을 만들어줬다

도시로 나와

속도를 창조하는 도로와 만났다

그래서

어린 그는

자동차를 몰고 가는 사람이 부러웠다

월급봉투를 받으며

생존을 담보하는 직장은 일상의 희망이었다

그래서

어른이 된 그는

회사에 손가락도 바치고

청춘도 바쳤다

투표를 하면서

권리를 행사하게 해준 나라가 기꺼웠다

그래서 그는

세금을 내고

의무 또한 다하였다

그렇게

소박하고 순수한 삶이

계속될수록

소외감이 커져갔다

감나무밭에서 거름을 주고
가지치기를 하고
수확에 땀 흘리는 사람들은
왜 아직도 가난할까
이른 새벽부터 해 어름까지
논밭에서 등이 굽도록
식량을 생산하는 사람들은
왜 아직도
가격하락을 걱정하며 한숨을 쉴까
아스팔트를 포설하고
현기증 나게 찌는 여름날
도로를 재포장하는 사람들은
왜 아직도
자식 등록금 걱정으로
한증막에 한숨을 보태야만 할까
알뜰하게 저축하고
성실하게 맡은 일을 다 하는
사람들은
왜 오랫동안
집 하나 갖지 못할까

갑질하지 말라고
노리개로 삼지 말라고
대들면
만인 앞에 평등하다는 법은
왜 강자의 편에만 설까

그가
정치에 발을 들인 이유다

바람과 파도

다른 이와 소통만큼
어려운 게 없다
산에 오르자고 하는데 바다를 헤엄치자고 한다
둘레 길을 걷자는데 암벽을 등반하자고 하고
낚싯배를 드리우자는데 참치잡이를 나가잔다
그래서
밤하늘의 별들이
존중과 이해라는
길잡이를
내려보냈다
그들은
풀잎을 춤추게 하는 바람이고
돌멩이를 쓰다듬는 파도이다
한시도 멈추는 법이 없다

비석 앞에 서다

누군가를 위해 자신을 내던진 사람을 기억하는 거
누군가를 위해 옮긴 행적을 기억하는 거
누군가를 위해 걸어간 시간을 기억하는 거

평온을 누리기에 앞서 발자취와 동행하는 거
영원히 존재하는 슬픔을 다스리는 거
살아 숨 쉴 때마다 곁에 두는 거

김성춘

모내기

생각은 번개처럼
명령은 천둥처럼
행동은 바람처럼
적장의 목을 단칼에 베어
같은 편에게는 용기를
상대에게는 공포를
초승달처럼 적진을 가른다
그는
폭풍처럼
휘몰아쳐
바위처럼
부딪쳐
잡초 사라진
들판에

연록으로
부둥켜 안은
모 꽃을
심어놓았다

김성춘

새가 날아든다

꼬리에 불을 붙인

송골매가

창공을 한 바퀴 우아하게 비행한다

구석진 곳에 모여 있던

비둘기들이

전송문을 입에 물고 사방으로 흩어졌다

건물의 창문이 열리고

등불이 켜진다

어둠의 거리를 장악한 지배자들이

하나둘씩 켜지는 불빛에

포위되었다

그들의 울음소리는

이제 두려움이 되지 않았다

그들의 이빨은

이제 위협이 되지 않았다

숲 그늘 아래에서

참매가 넓은 날개로 시야를 흐트러뜨리고

벌매가 빈틈을 파고들고

검은죽지솔개가 낚아채고

황조롱이가 화살로 꽂힌다

우두머리가 타격을 입고 도망치기 시작하자

혼돈에 빠진 늑대 무리가

자중지란 할퀴고 물면서

시체를 남긴 채

겨우 몇 마리만이 살아남아

외곽으로 빠져나갔다

암흑의 도시가

광명의 도시가 되었다

할미새, 도요새, 곤줄박이, 까마귀, 까치, 꿩, 멧새, 동고비, 박새, 딱새, 직박구리, 방울새, 파랑새, 오목눈이, 딱따구리, 부엉이, 올빼미, 원앙, 찌르레기, 어치, 민물가우지, 물총새, 물닭, 황새, 갈매기, 물떼새, 왜가리, 백로, 청둥오리가

서로의 깃털을

부리로 두드리며

위무하고 있다

멧돼지 사냥

한번 약탈의 맛을 본 놈들은

반드시 또 온다

그건 미련이 아니라

욕망이다

죽을 때까지 못 버린다

열병을 퍼트려 여전히 건재함을 과시한다

잡놈들과 연합하여 쪽수를 늘린다

먹는 것에 대해 물불을 안 가린다

곳곳에 침투한다

울타리로 방어하면 땅굴도 판다

발 뻗칠 데를 잘 찾아내는 후각이 뛰어나다

곤경에 대한 반사작용도 재빠르다

상처를 송진과 얼음물로 스스로 치료할 만큼 노하우가 축적되

어 있다

숲 그늘 아래에서

행적을 감추기 위해 발자국을 지우려고 낙엽만 밟는다

결론

천적인 호랑이를 길러 질서를 유지한다

아니면

사냥꾼을 보내

근거지를 공격하여 모조리 작살낸다

서용익

이사

직장인

새벽길 1

바보

새벽길 2

꿈

찬가

술술술술

새벽길 3

여든의 여인

짧지만 긴 여행

이사

인연을 파하고 낯선 도피처를 찾아 나선 변명도

그 좌절을 새 출발이라는 껍데기에 욱여넣었던 시간도

동네를 가르는 개울의 징검다리 낭만도

로마사에 빠져들어 서점 귀퉁이를 점령한 역사 여행도

삶의 터전을 떠나는 이 순간

모두 부서졌다

그래

어디까지 갈 수 있으려나

헤어지는 길

가 닿는 길

어디에도

이정표는 없고

합리화만 뒹굴고 있다

도무지 끝을 모르겠다

가르쳐주는 이도 없다

직장인

나는 오늘

무를 먹었다

무가 왠지 시시각각 변한다

무야

무?

넌 뭐야

무시?

무시 하나가 냉장고에 들어 있다

나는 싹둑

머리를 잘라서 먹었다

새벽길 1

새벽길

집에 들어가는 길

온갖 상념이 발부리에 채인다

툭툭 차보기도 하고

한숨 속에 껴안기도 한다

사람이 약해졌다는 것은

자신감이 없어졌다는 것이겠지

작은 일로도 근본까지 치달린다

소소한 의견 충돌을

절연으로 귀결시키고

일상의 친절에는

긴장을 놓아버리는 상황

즉흥적인 사고는

다른 이를 피곤하게 하고

숲 그늘 아래에서

자신을 괴롭히는

독소가 된다

서용익

바보

나는 지금까지 그렇게 생각한 것 같다

내가 이룬 가정은

내가 지은 시설물은

내가 구상한 체계는

한 번 이루어 놓으면

변하지 않을 걸로

그런데 세상의 어떤 것이 영원불변할까

겉은 그대로인 것 같아도

속은 뒤틀리고 파열되어

본질을 갉아먹어 간다는

이성으로는 이해하면서도

감성으로는 그것을 망각하는 나는

현실회피주의자다

우리가 사용하는 모든 구조물이 여러 가지 이유로 손상되듯

인간관계도

숲 그늘 아래에서

세월의 흐름

서로 간의 의지의 변화 등에 의해

변화한다는 것을

이제야 깨닫는 척하다니

아마 바보가 되고 싶은 것 같다

새벽길 2

새벽길

집에 가는 길을 잃다

결국 그는

거리를 돌고 돌아

해장국집으로 들어갔다

혹시 하늘에 지도라도 있으려나

눈썹을 겨우 열고

꾸벅꾸벅

지난날을 더듬는다

하늘은 이미 동이 터오는지라

별의 깜빡임은 없다

땅에 떨어져

각자

자신의 쉴 곳을 찾아 떠났다

새벽은

그마저도 곁을 내주지 않았다

꿈

항상 그 모습으로

내 옆에 앉는다

차를 타고 가는 동안

떨어지지 않게 꼬옥 껴안아 주었더니

가슴에 얼굴을 묻는다

어느 곳엔가 차에서 내려

나는 아이를 업은 채 걸어간다

벤치가 하나 있다

낯이 익다

오른편에 소나무 몇 그루 있고

그 주위로 공작새가 노닐고 있다

아이는 가까이 다가가 구경하다

워~ 하며 놀래기도 하고

손을 휘저어 위협도 하고

모이를 주며 달래기도 한다

숲 그늘 아래에서

나무 의자에서 멋진 포즈를 취하는 아이
사진을 찍으려는데 자꾸만 멀어진다
까만 머리를 찰랑거리며 달려간다
카메라에 잡히지 않는다

아이는
예고 없이 왔다가
잠이 깬 나를 두고 사라졌다
불을 켜고
책장에 있는 아이사진을 바라본다
옆에 봉그렇게 핀 장미가
그저 환하게 웃고 있다

찬가

오라

세월 저편의 한 조각 설렘으로 오라

추억 물든 가슴속 옛 마음으로 오라

띠 뿌리처럼 얽힌 이야기

개구쟁이 눈망울을 앞세우고

오늘만큼은

전쟁 같은 인간사 잠시 내려놓고

차이는 있어도 차별은 없는

이곳 회갑 역으로 오라

꿈꾸듯 출발한 20세기 중반

검정 고무신 소년을 떠올려 보라

책보자기 아리땁게 동여맨 소녀를 떠올려 보라

자존심을 지키는 싸움을 기억하라

정의를 위해 내달리던 거리도 기억하라

자신에게는 부지런하고

이웃의 아픔은 내 몸처럼 껴안던

눈부신 너를 기억하라

부여받은 생의 전선에서

육십 인생을 짓처온 동무들

오래도록 간직한 그리움이

눈처럼 빛나는 머리칼로

곱게 그려진 주름으로

역 광장을 가득 메운

아-

삶의 어깨들이 한판 들썩이는

칙칙폭폭 기차가

21세기를 경유하며

기적을 울리고 있다

술술술술

이제 너의 친구는 술이며
이제 너의 스승은 술이며
이제 너의 동반자는 술이며
이제 너의 용기는 술이니
했던 일도 부질없고
할 수 있는 일도 없고
하고픈 일도 사라졌다
삼면이 막혀버린
눈은 초점을 잃었다
입은 횡설수설이다
몸은 비틀거린다

그러나
너무 자조하지 말라
이제껏 인류사가 가르친 것처럼

세상은 변하고

사람의 가치관도 새롭게 되고

그 새로움이 또 다른 시간을 만들 것이니

너의 육신을

술로 학대해도 돼

너의 정신을

술로 파괴시켜도 돼

지금 당장의 절망

술로 위로해도 돼

다만 한 가지

언젠가

술은 깬다

새벽길 3

전선이란 거 따로 있겠나

그럼, 사는 게 곧 전쟁이지

그래도 자네는 잘 가꿔왔어, 인생을

무슨 소리, 부끄럽네

누구 말처럼 한 많은 세상일세

사람의 얼굴에는 웃음만 있지는 않아

그렇지, 주름 골에 숨겨진 표정이 너무나도 다양하지

문득 명박산성이 생각나네

거기 갔었는가?

그날따라 장대비가 쏟아졌네

처음엔 우산을 쓰고 구경하다가 시위대 맨 앞까지 갔네

서로 몰라봤지만 거의 같은 시간에 있었네그려

인간이란 게 어느 정도 자신을 흡족하게 하는 지점이 있잖은가

그런데 막상 차 벽에 딱 막히고 보니 분노 같게 올라오더라고

사람들은 뒤에서 으쌰 으쌰 밀어대지, 앞으로 전진은 못 하겠지

숲 그늘 아래에서

그래 나도 모르게 차 위로 올라갔네

맞네 시민들이 온몸에 비를 맞으면서

광우병이 끼칠 국민건강에 대해서

갑질하는 미국에 대해서

독불장군처럼 국정을 운영하는 정부에 대해서

생전 처음 보는 얼굴들이

티셔츠에 운동화를 신고

양복에 넥타이를 매고

한복에 지팡이를 짚고

엄마 아빠 손을 잡은 어린이

팔을 치켜올리는 청년

깃발을 흔드는 처녀

핸드마이크로 구호를 외치는 누군가

한 곳에 집결되었네 각자의 삶에 매몰되어 있다가 말일세

궁극적으로는 청와대가 해결해야 한다는 걸 모두가 아는거지

차를 통째로 옮길 수 없다면 넘어가는 수밖에 없는 거지

그런데 그 길을 차 벽으로 막아놓고

득의의 미소를 흘리고 있는 경찰을 보니

차 지붕이라도 구겨 놓아야지 하는 생각에 쾅쾅 뛰었지

그림 속에 나와 네가 점점이 박혀 있었구먼

새벽녘에 해산하고 흠뻑 젖은 몸을 이끌고 사직터널을 넘어가
는데
적어도 이날만큼은 혼자만의 상념이 사라졌네
그런 건가 보네 끊임없이 자신을 괴롭히는 일상의 애환은
어느 시점에서 거대한 흐름에 포용된다
그 찰나의 연속이 목숨을 지탱케 한다

숲 그늘 아래에서

여든의 여인

산자락 아래
달빛 수놓은 어느 정원에
마당에는 눈이 내려앉고
소나무는
초록으로 서 있다

그 옛날 당신의 손마디는 투쟁이었지만
우리에겐 평화로운 햇살이었다
당신의 눈물은 통곡이었지만
우리에겐 상처를 어루만지는 물결이었다

정취에 세월을 새기는
이 순간
바람이
여인의 머리카락을 어루만진다

짧지만 긴 여행

당신을 보러 간다
23일 저녁 6시 10분발 고속버스를 타고
휴게소에서 담배 한 개비
10시 30분에 아파트 초입 정류장에
육십이 다 된 아들을
팔십 노모가 어김없이 기다리고 있다

함께 걷는다
집 앞 홈마트에서 홍어, 과일을 산다
익숙한 솜씨로
홍어 전골을 끓이시는 어머니
혼자 있는 시간에 나누었을 수많은 대화들을
들려주시는데
피곤하여 고개를 내려뜨리든
술에 취해 눈을 감든

가슴속에 담아둔 이야기를

다 꺼내시고는

어따, 벌써 새벽 두 시여야

얼른 자라

24일 아침 7시에 잠을 깨다

아침 식사 후 나는

철물점에 가서 전구, 안정기, 커넥터를 구매한다

거실 천장 램프를 교체한다

그동안 어머니는 병원에 다녀오신다

떡국으로 점심 식사를 하고 집을 나선다

시내버스를 타고

극장에서 표를 구매하고

어머니가 원하시는 팝콘을 산다

오후 2시 30분에 2관 F 열 5, 6번에 착석하여

서용익

'나의 길'이라는 영화를 본다

고개를 돌려보니

시종일관 주무시는 어머니

문득

장시간 영화 관람은 무리인가

이제는 다른 방법으로 문화적 체험을 안겨드려야겠구나

집 밖에서 술 한잔을 하려면

적당한 핑곗거리를 만들어야 한다

인터넷 검색해보니 맛집으로 소문났다고 꼬신다

오후 6시밖에 안 되어 한가하다

조금 시간이 지나면 사람들로 미어터질 거라

귓속말로 속삭이며 식육식당으로 들어간다

소갈빗살, 삼겹살, 소주 3병으로 저녁 식사를 대신한다

나의 술량을 여전히 타박하시는 어머니

언제쯤 나에 대한 걱정을 내려놓으실는지

외식비용을 아까워하시는 어머니를 생각하면

어쨌든 의미 있는 식사다

집으로 돌아가는 길에 잡화점에 들러 내 양말을 사시는 어머니

집에 도착 후 남은 홍엇국에 한 잔 더하니
아마도 너는 전생에 술하고 원수졌는갑다
또 걱정하시는 어머니

25일 눈이 내린다
소고기뭇국과 갓김치로 아침 식사
같은 아파트 15층에 사는 이웃 얘기
외할머니에 대한 그리움으로 시간 가는 줄 모른다
점심은 돼지고기 김치찌개
이제는 당신이 아예
술병과 잔을 상위에 올려놓는다
하루 종일 TV와 씨름
내키지 않지만 홍삼 엑기스를 거절하지 않아야
반주도 살아남을 수 있다
배부르다
어머니 집에만 오면 과식할 수밖에 없다

언어 공부에 열심이신 어머니
다니시는 복지관에서
영어 학습. 체조 활동, 컴퓨터 프로그램을 신청하셨단다

서용익

대단한 흥미와 열정을 보이시는 어머니의 등위에
오래전 당신이 포기해야만 했던
어린 시절 학업에 대한 아쉬움이 얹어 있다

저녁은 조기구이다
일부러 식사 시간을 늦게 잡는다
다음 날 첫차를 타야 하고
식사 준비를 한 번으로 한정시키고 싶어서다
당신은 무조건 먹여 보내는 게
제일이라 생각하시지만 나의 위장은 감내할 수 없으니까

26일 새벽 4시 40분에 일어나
옷을 갈아입는데
내 호주머니에 만 원짜리 두 장이 들어 있다
어머님이 밤사이 넣어 놓으신 거다
잠깐 틈을 보아 석 장을 보태
식탁보 밑에 돈을 숨겨놓고 집을 나선다
터미널에 도착
좌석에 등을 기대자마자
당신의 목소리가 들려온다

'그냥 가지고 가서 택시비랑 식사를 하면 될 것을 왜 그렇게 내 마음을 무겁게 하냐. 특별한 음식을 해주어야 하는데 이번에는 쉽게, 평범하게 했다. 잘 올라가고 아침 식사 거르지 마라.'
다음번에도 숨바꼭질은 계속될 것이다

김
재
덕

쓴맛, 단맛
성장판
모닥불
파리와 껌, 그리고 앵글모서리
감정은 피보다 진하다
인연

쓴맛, 단맛

석희의 눈이 빛난다.

5학년 선배들이 도 교육감배 국민학교 탁구대회에서 준우승을 차지했는데, 그들이 운동장에 들어올 때 교장 선생님부터 모든 선생님이 나와 만세를 부른다. 전교생이 학교가 떠나가라 교가를 합창한다. 허기사 남도 촌구석 시골 학교를 생각하면 고향 군의 경사임이 틀림없다. 그것도 대도시의 학교들을 이긴 것이니 말이다. 더구나 석희가 마음속에 둔 여학생도 가느다란 어깨를 들썩이며 두 손을 가슴에 모으고 수줍게 미소를 띠고 있다. 흠….

다음날 탁구를 지도하는 선생님께 선수를 시켜달라고 했다. 미심쩍게 바라보던 선생님은 '배트도 있어야 하고, 수업이 끝나고 늦은 시간까지 연습해야 하는데 괜찮겠어?' 툭 던지신다.

"제가 늘 꼴도 베고 리어카도 끌기 때문에 팔 힘은 걱정 안 하셔도 됩니다"

"배트는 어찌 할 거냐?"

"이래 봬도 집안에서 나름 기대를 많이 하는 편입니다."

학교 끝나고 늘상 하던 친구들과의 전쟁놀이도 시큰둥한 채 석희의 고민은 산등성이 나뭇가지를 타고 신작로길 자갈에 미끄러지다가 논두렁길 풀 섶을 더듬는다.

"엄마, 소질 있다고 선생님이 탁구 해보라는데."

"그래?"

"연습용 배트가 있긴 한데 겉에 군데군데 상처가 나서 시합을 나가려면 자기 배트 가 있어야 한다네요. 그런데 배트값이 200원이랍니다."

"어휴, 하지 마라."

공감을 끌어내려는 석희의 작전이 엄마의 첫마디에 다급해진다.

"아니, 남들은 하고 싶어도 실력이 안 되어 못하는데, 선생님이 적극적으로 권하는 데도 하지 말라고 하면 너무 자식 기죽이는 거 아닌가요?"

"가정 형편도 생각해야지."

"계란, 지난번에 읍내 시장에 판 거 있잖아요."

"그게 얼마나 된다고."

"잔등 너머 밭에서 수확한 콩이랑, 옥수수…. 여러 가지 시장에 가져갔을 텐데요."

"학교에 육성회비 늦게 준다고 울고불고한 거 기억 안 나?"

닭 한 마리 팔자고 했다.

돼지 새끼를 담보로 성락이 엄마에게 돈을 빌리자고 했다.

며칠 동안 협상을 시도했지만, 도무지 답을 듣지 못한 석희는 온갖 궁리를 다 해보다가 드디어는 '내가 이 집구석에 태어난 게 잘못이지.' 자조의 늪으로 빠져든다. 동무들 사이에서 천하제일인 장군의 대나무 칼도, 도랑 길 풀들을 단숨에 눕히는 낫도 지금은 아무 도움이 되지 않고 있다.

아, 낙이 없다. 학교 가는 발걸음이 천근만근이다. 길바닥에 질질 끌며 애먼 고무신만 학대하는 중에 금실 좋기로 소문난 노부부를 만났다.

"석희야, 왜 그리 힘이 없누?"

가끔 읍내약국 심부름을 해드리면 오가는 길에 삶은 감자 먹으라며 작은 봉창 문을 열고 손짓을 하시던 두 분이시다. 항상 하시는 말씀, '니네 엄마한테 잘해야 한다.' '옥순이네 애기들은 귄이 있어.' 그 목소리가 어김없이 들려오는 순간 석희의 두뇌가 요동치기 시작한다. 그보다 먼저 눈물이 앞을 가린다.

"탁구 하고 싶어서요, 배트를 사야 하는데 엄마는 돈이 없다고 하고, 나는 세상이 다 싫고, 공부고 뭐고 몽땅 때려치우고 서울로 돈이나 벌러 갈까 생각 중이에요."

"이런 맹랑한 놈을 다 보았나."

"에구 영감, 어린 것이 얼마나 속이 상했으면 그럴까."

"그러니 저한테 200원만 빌려주세요. 우리 집 닭이 알을 많이 낳는다는 거 소문 들어 아시잖아요. 그리고 닭을 키우는 사람이 전적으로 저인 것도."

며칠을 여전히 힘없이 학교를 향하는 중인데 할아버지와 마주쳤다. 조용히 손을 내미신다.

"할멈은 모르는 일이다, 여자들은 입이 싸거든."

10원짜리 20개, 꼭 쥔 손을 주머니에 넣고서 한 팔을 휘저으며 내달리는 석희는 단숨에 산등성이를 넘는다. "야, 같이 가." 동무들의 부름 소리도 꽁무니에서 멀어졌다. 어르신께 우리 엄마에게는 나한테 미안해할 테니 비밀을 부탁했다. 선생님께는 엄마가 열심히 해보랬다고 했다.

며칠 후, 수업을 마친 교실에서 나무 책상을 잇대어 놓고 석희가 탁구 연습을 하고 있다. 훈련이 종료되고 배트를 놓고 귀가하라는 선생님 말씀에 엄마가 배트를 보고 싶어 하신다고 둘러대었다. 이 모든 기쁨의 원천인 할아버지께는 주홍색 표면이 반짝거리는 배트를 척 내밀며 득의의 웃음을 짓고, 시합에 이겨 상패를 가져다 드리겠다고 약속했다. 집에 들어갈 때는 책보자기에 숨겼다. 엄마한테는 나중의 협상을 위해 아껴두었다. 다음 날 하루 종일 친구들에게 스매싱 폼을 보여주며 자랑하고 다닌다.

아예 끈을 달아 목에 걸고 그 여학생 반이 있는 복도를 서성인다. 드러내놓고 말을 걸지는 않았지만 틀림없이 보았을 것이다.

군내에서는 석희네 학교를 당할 상대가 없다. 마침내 도내 일인자를 가리는 시합을 위해 불광시로 올라가기 하루 전에는 할아버지에게 "우승하고 오겠다."라며 큰소리를 빵빵 쳤다.

도의 중심도시답게 불광시는 촌놈들의 눈을 휘둥그레하게 했다. 터미널에서 내려 시내버스를 타고 가는 중에 누군가 소리친다.

"와, 신작로에 시멘트를 깔았다야."

"얘들아. 아스팔트라고 한단다."

"소리 좀 작게 해."

얼굴이 붉어진 석희는 조심스레 주위를 둘러본다. 다른 승객들의 만면에 미소가 가득하다. 마침내 도착한 체육관은 더욱더 그들을 주눅 들게 했다. 상대해야 할 다른 학교에서는 응원단도 와 있고, 지도하는 선생님도 여러 명, 심지어 학부모들이 지극정성 자기네 선수들을 수발하고 있다. 석희네 팀은 고작 한 명의 선생님, 까까머리 일곱 명이 전부다.

작년에 듣도 보도 못한 국민학교가 준우승을 한 탓인지 저들은 많은 준비를 한 것 같았고 특히 서브가 다양해져서 고전을 면치 못했다. 우승을 하지 못하고 3위에 그쳤다. 집으로 돌아오는 길에 그간의 시간을 되뇌어 본다. 선수 해보겠다고 떼를 쓴 그날 애서 내 눈을 외면하고, 이후 갑작스레 평온해진 아들에게 너무나도 무심한 엄마. 당연한 일상으로 쌓은 우정의 선물을 뜻하지 않은 순간 내 손에 쥐여주시던 동네 할아버지. 하나밖에 없던 탁구대 주위로 촛불을 켜고 밤늦게까지 열정을 불사른 선생님은 차창에 머리를 기대고 주무신다.

우승 트로피를 갖지 못한 석희는 당분간 어르신들의 집을 피해 먼 길을 돌아 학교에 간다. 다리 아픈 것도 아픈 것이지만 마음이 영 불편하다. 트로피는 물 건너갔고, 돈이라는 준비해야 할 텐데.

"엄마, 장날에 작물 팔러 갈 때마다 내가 도와주잖아. 그때마다 일원씩 주었으면 해."

"……."

"계란 한 줄 모을 때마다 일원씩, 밭에 물 줄 때마다, 돼지 밥 줄 때마다, 아궁이에 불 땔 때마다 일원씩."

"그러자꾸나."

"사실 나 부려 먹으면서 엄마도 조금은 미안한 생각을 했겠지. 나도 다른 애들처럼 읍내에서 풀빵도 사 먹고 만화도 보고 싶어."

이왕 말 나온 김에 온갖 경우를 모두 동원한다. 쉽게 동의하는 엄마를 보면서 조금은 의아했지만, 어쨌든 방법은 마련한 셈이다. 대략 날짜를 계산하여 할아버지께 몇 월 며칟날 돈을 드리겠다고 말하고서 원래의 길로 다니게 되었다. 학교생활도 예전처럼 활기찼고, 다음 해에 탁구 시합을 준비하는 후배들의 연습장에도 자주 놀러 갔다. 드디어 220원이 모인 날, 보무도 당당히 할아버지를 찾아갔다.

"할배요, 석희 왔습니다."

두 분이 봉창 문으로 얼굴을 나란히 내미신다.

"여기 200원입니다."

동시에 두 사람이 마주 보며 씨익 웃는다.

"애야, 그 돈 진즉에 엄마가 갚았다."

"예?"

"실은 너도 비밀이라 하고 니네 엄마도 비밀이라 하니, 우리야 딱 잡아뗄 수밖에 다른 수가 없지 않냐."

동네가 떠나갈듯한 웃음소리를 뒤로 하고 석희는 바람처럼 밭으로 달려갔다. 쪼그려 앉아 호미질에 여념이 없는 엄마에게

"이제부터는 일원씩 안 받을 거니까 그렇게 알어."

하늘은 끝 간 줄 모르게 푸르다. 읍내로 가는 길옆 코스모스가 살랑살랑 어깨를 간지럽힌다. 지금 풀빵 사 먹으러 가는 그

여학생과 석희는 차가 지날 때마다 살짝살짝 몸을 부딪친다. 둘은 가을날 고추잠자리를 닮았다.

성장판

"동찬아, 오늘은 경운기를 만들어 보자."

"어떻게?"

"내가 생각한 게 있으니 너희 집 리어카 몰고 친구들 모두 데리고 고갯길 꼭대기에서 만나자. 좋은 구경시켜준다고 말하면 흔쾌히 따라나설 거야."

내리막길 시작점에 리어카 두 대가 도착하고 우리는 핸들 쪽을 서로 끼워 넣었다.

"다들 뒤쪽 리어카에 타고, 앞쪽 리어카는 일종의 경운기 머리에 해당하는 거지. 내 가 운전을 할 거야. 자, 내려가 보자."

출발을 위해 밀면서 서로 껴안은 리어카가 내려가기 시작하자 하나둘씩 뒤 칸에 올라탔다. 점차 속력이 붙었고 친구들은 함성을 질렀다.

"야, 기발한데."

"달려라 달려."

"신종 경운기야, 너를 만나 반갑다, 꺄오."

중간쯤에서는 속도감이 장난 아니었다. 나는 의기양양 오른팔을 들어 외쳤다.

"나를 따르라, 용맹한 전우들이여. 승리가 눈앞에 있다."

그런데 어느 순간 핸들이 뻑뻑해지고 방향 틀기가 어려워지더니 급기야 한쪽으로 치우친 핸들은 더 이상 움직일 수가 없었다. 리어카는 점점 길옆 낭떠러지를 향해 치달았다. 11살 소년의 힘으로는 끄떡도 하지 않았다.

"야, 뛰어내려야 해!"

급박함을 알아챈 친구들이 몸을 날렸고, 다양한 형태로 길바닥에 내동댕이쳐졌다. 돌멩이에 무릎이 까지고 팔꿈치는 흙모래에 씻겼다. 허나 다행히도 모두가 죽음의 열차에서 탈출은 했다. 두 대의 리어카는 언덕길 아래로 곤두박질치면서 장렬하게 전사했다. 어찌해야 하나, 아무리 머리를 맞대도 해결책은 나오지 않았다. 결국 각자의 집으로 간 후, 그날 저녁 동네에서는 난리가 났다. 얼마나 시간이 흘렀을까. 집 마당으로 어른들이 모여들었다. 리어카 물어내라고, 까딱했으면 줄초상 날 뻔했다고, 동구 댁은 자식 간수 좀 잘하라고 전쟁터가 다름 아니었다.

우리들의 상처가 아물고 딱지가 벗겨질 때쯤 나는 새로운 시도를 했다. 동찬이는 감시가 심해서 더 이상 리어카를 동원할 수 없었기에 이번에는 성식이를 꼬드겼다.

"야, 지난번에 우리가 실패한 것은 너무 뒤 칸에만 타다 보니 무게가 한쪽으로 쏠려서 앞 리어카는 그대로고 뒤 리어카는 속도가 달라붙어 옴짝달싹 못 하게 된 거야. 그러니 이번에는 앞 칸, 뒤 칸 나누어 타면 돼. 그러면 힘이 맞춰져서 핸들을 조작하는 데 아무 문제가 없을 거야."

"다른 친구들이 호응 안 할 것 같은데."

"우리가 성공하는 경험을 만들면 돼. 여러 사람 말고 두 사람만 부르자. 함께 기쁨을 나누고 싶은 친구를 생각해봐."

"춘석이와 오균이 어때?"

"좋아, 둘 다 용기 있는 친구들이잖아. 호기심도 많고."

리어카 두 대가 꼭대기에 다시 섰다.

"이렇게 흔쾌히 우리들의 실험에 몸을 맡기신 리어카 님들에게 존경을 표하자. 온 정성을 다해 쓰다듬어주고 운명을 함께하겠다고 맹세하자."

솜털까지 죄다 일어서는 긴장감과 함께 두 번째 경운기가 출발했다. 만일을 위해 낭떠러지 반대편 밭둑으로 바짝 유도했다. 내리막길 중간을 지날 때까지도 순조로웠다. 그러다 핸들 편 리어카가 돌덩이 하나를 밟았다. 텅 하고 리어카가 튀어 올랐고 겁먹은 두 놈이 다짜고짜 뛰어내리고 내가 잡은 핸들은 요지부동이 되었다. 나는 리어카 바퀴 덮개를 잡고 반 누운 상태에서 핸들 오른쪽을 걸어챘다. 거의 기역 자가 된 리어카는 넘어갈 듯 한쪽이 들리다가 이내 퍽 소리와 함께 언덕배기에 박혔다. 끝까지 내려가지는 못했지만 다친 친구들은 없었고 다행히 리어카도 파손된 곳이 없었다. 평지에서는 번갈아 밀고 타면서 유유자적할 수 있는데 이놈의 내리막길이 문제인 거다. 이 길을 극복하지 않고는 우리의 여행길은 짧을 수밖에 없다.

다짜고짜 또 해보자고 해서는 다들 손사래를 칠 게 뻔하다.

"애들아, 내 이야기를 들어봐. 앞뒤로 무게를 분산하는 것까지 해봤잖아. 남은 문제는 우리가 필요에 따라 속도를 조절하는 거지. 일종의 안전장치인 셈이야. 각목 네 개를 준비해서 바퀴에 마찰시키는 방법을 써보자는 거야."

세 번째로 리어카 두 대가 등장했다. 나는 이번엔 내리막길 끝에까지 도달할 거라고 확신했다. 성식이는 손바닥에 침을 뱉고 점괘를 봤다. 손가락으로 '탁' 치니 오른쪽으로 침이 튀거나갔다. 길조다.

"출발."

"올라타."

"호흡 좋아."

"핸들이 빡빡해지고 있다. 뒤 브레이크 가동."

"핸들이 헐렁해지고 있다. 뒤 브레이크 해제, 앞브레이크 가동."

"어느새 중간을 지나치고 있어. 모두 소리 질러!"

"양양한 앞길을 달려갈 때에

한 손엔 방향타 한 손엔 각목

굽힘 없는 고집불통들

천하무적 우리들을

누가 막으랴"

이제 우리에게 내리막길은 공포의 대상이 아니라 온몸을 전율케 하는 짜릿함이요 목청껏 내지르는 승리의 함성이며 지상 최고의 카퍼레이드였다.

모닥불

6장

"개교 이래 후배가 선배를 폭행한 것은 네가 처음이다."

"……"

"자초지종을 말해봐라."

"……"

"말 안 할 거냐?

선도부를 관장하는 교련 선생님은 당장 퇴학시켜야 한다고 난리다."

"……"

"나는 너의 담임선생이잖아. 그러니 나라도 너를 변명해야 할 거 아니냐."

"그날 절 납치해간 선도부원의 이야기를 듣고 판단하셔도 됩니다. 제 입으로 상황을 설명하기 싫습니다, 변명 같아서요."

"허, 참. 내일 부모님 학교에 오시라고 해."

폭행에 가담한 선도부원들은 정신교육을 받았다. 선도부 대장을 그만두고 일반 학생으로 돌아간 운동장의 그에게는 영석의 사과 편지가 도착했다. 권위와 책임의 무게에 대해 생각했을 것이다.

영석은 한 달 정학을 당했다. 교무실 복도가 일인 교실이 되었다. 오며 가며 선생님들이 꿀밤을 한 대씩 놓는다. 나중에는 정이 들었는지 가끔 책상 위에 우유를 놓고 가시는 선생님도 있다. 화학 선생님은 빡빡 깎은 영석의 머리를 씨익 웃으며 쓰다듬는다. 현수는 매일 찐빵을 책상 서랍 공간에 넣어둔다. 29일째던가. 경범이가 다른 학교로 전학 갔다는 메모지도 들어있다.

5장

운동장 구령대 앞에서 두 학생이 마주 서 있다. 영석은 선도부 대장에게 항의했다.

"학생들을 선도한다는 조직이 어찌 사사로운 관계로 보복 구타할 수 있습니까?"

"지적사항이 있었다고 들었다."

"등굣길에는 두발 상태에 관해 아무런 얘기도 없었습니다."

"다른 학생들을 단속하느라 너에 대한 징벌 조치는 추후에 하기로 했다던데?"

"지금 그게 말이 됩니까?"

"말이 안 되면 어떡할 건데."

"선도부를 대표해서 사과하십시오. 저는 수업 중에 무례하게 학생을 호출하고 걸레 자루로 폭력을 행사한 것, 누구 터치하지 말라고 협박한 것을 교무실에 일러바치지는 않을 겁니다. 머리카락이 규정 이상 길었는지 따지고 싶지 않습니다. 하지만 일부 선도부원들의 부당한 행동에 대해서는 대장의 사과를 꼭 받아야겠습니다."

"이 새끼가 어디 건방지게."

선도부 대장이 한 대 때릴 듯 손을 들어 올린다. 찰나, 영석의 돌려차기가 그의 얼굴을 강타했다. 휘청거린 그가 겨우 중심을 잡고 놀란 토끼 눈으로 바라보더니 영석에게 달려든다. 악에 받친 그의 주먹을 좌우 스텝으로 피하던 영석은 멱살을 잡으려는 손을 허공으로 쳐냄과 동시에 허리를 구부리고 옆구리에 훅을 꽂았다. 숨이 턱 막힌 그가 배를 움켜쥐고 쓰러졌다.

4장

교실 뒷문이 열리고 일단의 학생들이 들어섰다. 화학 선생님은 무슨 일이냐고 물었고, 훈육이 필요해서 한 학생을 데리고 가겠다는 거였다.

"지금 수업 시간인데?"

"지금 아니면 시간이 마땅치 않습니다."

여선생님은 그들의 기세에 눌려서 "오래 걸리지는 않는 거지?" 라며 끄덕인다.

선도부실에 들어서자마자 3학년 선배들이 "엎드려 뻗쳐." 하더니 대걸레 자루로 무작정 때리기 시작했다. 영석은 몇 대 맞다가 도대체 이유가 뭐냐고 물었다. 이유는 나중에 알려주겠단다. 일방적으로 당하고 나서 의자에 앉으라 한다. 그러더니 바리깡으로 뒷머리에 한길 고속도로를 냈다. 머리카락이 규정보다 길어서라면 등굣길 정문에서 이미 걸렸을 텐데 왜 이러나 싶다. '왠지 알겠지?'라며 이제 가보란다. 분한 마음에 문을 세차게 열어젖히고 나오는데 속삭이듯 한마디 한다.

"경범이 건들지 마라."

3장

"야, 영석아, 너 운동했나 보더라."

"응, 샌드백 좀 쳤어."

"너와 싸운 경범이도 한 깡다구 하는데, 원래 걔가 태권도 선수 출신이거든."

"싸움과 운동은 비슷한 것 같아도 결정적으로 다른 게 있어."

"그게 뭔데?"

"명분, 마음가짐, 그리고 제일 중요한 것은 순간 타이밍."

"오늘 고마워, 우리 찐빵 먹으러 가자. 1학년 때 급우인 이진방 이라는 친구가 있는데, 그 애 별명이 찐빵이야."

"찐빵처럼 얼굴이 둥글넓적해서?"

"아니, 진방이 아버지가 찐빵 장사하시는데, 그 일대에서 유명 하거든."

"하하하! 아무튼 시시콜콜, 너는 만물상 같아."

2장

수업 종례 시간이 끝나고 담임 선생님이 교실을 나서자마자 영석에게 다가간 경범이가 내리찍기를 한다. 마침 영석은 가방 을 들고 자리에서 일어서는 순간이었고, 경범의 발차기는 영석 의 어깨에 걸쳤다. 무슨 일이지 돌아보는 영석의 얼굴에 경범의 원투 스트레이트가 날아들었다. 원 펀치가 코끝을 스치고 투 펀 치를 가까스로 피한 영석이가 재빠르게 책상 위로 올라선다. 두 개의 책상을 뛰어 발돋움하자 경범이 교실 뒷벽에 세워진 대걸 레 자루를 움켜쥔다. 영석은 팔에 걸린 책가방을 경범에게 던진

김재덕

141

다. 그 순간 경범은 대걸레 자루로 영석의 면상을 내리친다. 영석의 열십자 상단 막기에 대가 부러지는 동시에 영석의 몸이 날듯이 점프하여 경범을 덮친다. 이미 기가 꺾인 경범의 주먹은 허공을 갈랐고, 영석의 옆차기는 경범의 가슴을 제대로 타격했다. 여기서 승부는 끝났다. 가까스로 한쪽 무릎을 지탱하고 황망하게 올려다보는 경범.

"무엇 때문에 싸웠는지는 중요하지 않아. 다만 결과를 받아들여. 그렇지 않으면 이 싸움의 원인을 공개할 거니까."

1장

4교시 시험시간이 끝나고, 점심시간이었다. 현수가 영석의 팔을 끌었다.

"영석아, 경범이가 컨닝페이퍼 안 만들어준다고 계속 협박하는데 어떡하지?"

"처음에 어떻게 대응했어?"

"선생님 감시가 심해서 힘들겠다고 했어."

"경범이한테 컨닝으로 보답해야만 할 무슨 사정이 있어?"

"아니."

"그러면 애초에 딱 거절했어야지."

"그 친구에게 시달릴 생각을 하니 가슴이 막 답답하다."

"친구는 개뿔."

안경 너머로 두려워하는 눈알이 이리저리 굴러다닌다. 평소에 곧잘 재미난 이야기를 주고받던 현수인지라, 착하지만 심약하고 세상사 관심은 많지만, 공부에 진력하는 그의 사정을 모른 척할 수는 없었다.

5교시 시작 전 경범에게 '현수가 불편해한다, 수업 시간에 졸거나 땡땡이치는 것은 너와 나의 자유이니 누가 뭐라고 할 수 없다, 선생님 말고는. 그래 놓고 그깟 시험점수 조금 더 나와 봐야 무슨 의미가 있냐. 그러니 현수 그만 졸라라' 했다.

경범의 얼굴이 일그러진다. 네가 뭔데 간섭이냐는 표정이다. 쪽팔리기도 했을 것이다. 생각하면 아무것도 아니었지만, 사람의 감정이라는 게 한번 뒤틀리기 시작하면 사방팔방으로 튀기 때문에 사실 그 종착점을 가늠할 수가 없다. 경범에 대해서는 동급생뿐만 아니라 3학년 선배들 사이에서도 회자한다고 들었던 터다. 시내에서 껀덕대며 주먹질 좀 한다는 모닥불인가 장작불인가 하는 서클이 백그라운드라고 하는 뭐 그런 얘기들이 있었다. 그래서인지 경범이는 친구들을 거칠게 대하는 경우가 많았다. 그가 가진 성정일 수도 있겠지만 그것이 물적이든 인적이든 뒷배가 있다면 설쳐대고 싶은 것이 보통이다.

파리와 껌, 그리고 앵글모서리

"나한테 너에 대해 자랑해봐."

"음......"

동아리에서 만난 사회학과 선배, 그녀에게 필규는 꽂혔다. 둘만의 데이트를 처음 하던 날, 동동주 몇 잔 하더니 불시에 질문을 받은 필규는 막상 내놓을 것이 없다. 그날만 생각하면 지금도 얼굴이 화끈거린다. 역사탐방 동아리에 들어간 것도 같이 자취하는 친구에게 그녀에 관한 이야기를 들어서였다.

"상필아, 내 인상 어때?"

"안경 벗으니 이상하다야. 눈은 퀭하고, 뭔 놈의 인상을 그렇게 써."

"깊은 눈동자, 화난 것 같은 얼굴, 그리고 불만 가득한 입매가 괜찮지 않아?"

"글쎄, 인숙이 선배가 그런 거 관심 있게 볼러나?"

"한 살 차이 밖에 안 나는데 되게 어른인 척한다."

"그 선배 어디가 그렇게 좋냐?"

"여린 팔뚝, 좁은 어깨, 대화할 때 엄지와 검지를 휘저으며 상대방의 관심을 집중시키는 제스처는 환상적이야."

"그래, 오늘 선배의 마음을 동하게 할 계획은 뭐야?"

"연희동에서 서대문 쪽으로 가다보면 백일홍 길이 있거든. 걷다가 꽃잎에 앉아 있는 벌을 잡아줄거야. 다들 침에 쏘일까 봐 겁내는 벌을 잡아주는 사내, 그것도 잠자리 채로 잡는 게 아니라 운동화로 낚아채서 생포할 거야, 괜찮지 않냐?"

"그게 무슨 의미인데?"

"잡은 다음 뚜껑 대신 모기장으로 입구를 가린 병속에 벌을 집어넣고서 멘트를 날리는거지. 누나, 이놈이 저예요. 저는 포로 입니다. 얘를 질식시켜 죽이든지 아니면 다시 날려 보내든 지는 순전히 병 주인의 마음먹기에 달렸답니."

목재 계단을 내려가면서 "필규야 잘 봐. 스냅을 이용해서 저기 앵글모서리에 있는 파리를 잡아볼게, 쉿."

필규는 벽에 양손을 짚고 자세를 잡은 다음 야무지게 발을 휘둘렀다. 곧이어 필규가 아악하고 소리를 지른다.

"상필아, 파리가 아니라 벌이었나 봐."

"뭔 소리야, 어디?"

화급히 양말을 벗었는데 찢어진 엄지발가락에서 피가 분수처럼 솟구친다. 고통에 균형을 잃고 계단을 굴렀다. 입구까지 미끄러진 필규의 입에서 이번에는 더 처절한 절규가 터져 나왔다.

정강이뼈가 길게 금이 갔고, 엄지발가락은 마치 칼로 째듯 날카롭게 찢어졌다. 진통제를 맞고서야 겨우 그렁그렁한 눈물을 훔친다. 벌에 쏘여서 이렇게 상처날 리가 있겠냐며 의사 선생님이 고개를 갸웃한다. 데이트고 뭐고 모든 것이 난장판이 되었다. 두고 온 안경을 가져달라고 했다. 그나저나 선배와의 약속이 문제였다. 다시 병원에 온 상필에게 피치 못할 사정을 적당한 핑계로 수습해줄 걸 부탁했다. 의미심장한 미소를 띠고 상필이가 필규에게 속삭인다.

"앵글모서리에 파리처럼 있는 거, 그거 누가 껌을 붙여 논거드라."

시커멓게 멍든 발톱이 빠지고 금이 간 뼈가 붙기를 거의 한 달이 지나서야 걸을 수 있었다. 언제까지 동아리 방에 안 갈 수는 없었다. 괜찮은 아르바이트 때문에 시간 내기가 어렵다고 했다고 했으니 절룩이는 다리는 일하다 다쳤다고 핑계를 댔다. 동아리 방을 나서는 필규에게 그 선배가 다가온다. "고생했어, 다친 데는 괜찮니?" 물으며 마치 실수인 냥 내 엄지발가락을 밟는다. "아흐흐." 아직 새 발톱이 나오지 않은 발가락은 온 힘을 다해 신음을 참는다.

"병 속의 벌은 받은 걸로 할게, 안경 잘 챙기고."

아후, 상필이 이 자식.

감정은 피보다 진하다

"소주나 한잔하자."

"그려."

"서울 생활은 어때? 지난번 편지에서는 휴가가 꽤 길드만."

"직장, 사람, 미래에 관한 여러 가지 경험을 하고 있어. 꿈만 꾸
며 살던 시간이 지나고 어느덧 스물아홉이 되었다니."

"공허하구나."

"그러나저러나 너, 결혼할지도 모르겠다더니 그 처자하고는 잘
되어 가냐?"

"실은 그것 때문에 만나자 한 거야. 나에게는 전환점이 될 수
도 있는 일이야. 너는 항상 친구들 일에 사소한 것까지도 지혜
를 주곤 했잖아."

"아무래도 마음속 깊은 맺음은 우정 속에서 나오는 거니까."

"얼마 전 사달이 생겼어. 삼 년 전에 헤어진 여자가 갑자기 구
청으로 찾아온 거야."

"그 성격 강한 아가씨?"

"그래. 내가 가진 꿈이 너무 소박하다고, 자기는 도회지에서 살고 싶다고, 머시매가 사회에 관심도 갖고 정치에도 발을 담가 보려는 적극적인 의지가 있었으면 좋겠다고…. 뭐 아무튼 나에게 삶의 활력을 불어넣는 여자였지."

"그래, 그 아가씨 엄청 정열적이었어. 그런 면에 너는 흠뻑 빠졌고."

"펜팔로 인연이 되었는데, 여자가 먼저 남자를 만나러 오는 경우가 흔하지 않거든."

"국회의원 보좌관이었으니 세상을 역동적으로 바라보았겠지. 민주주의를 이야기할 때는 눈에서 불이 막 뿜어져 나왔었다."

"수더분한 내가 안식처라고도 했어."

"뜻한 바 있어 더 이상 연애할 시간이 없다고 선언하고 떠나간 여자가 왜 찾아왔을까? 그것이 궁금하다."

"자료 송달 때문에 우체국에 다녀온 사이에 들렀나 봐. 쪽지에 적힌 다방으로 갔더니 혼자가 아니라 둘이었어."

"기주 씨, 그동안 잘 지내셨어요. 이렇게 불쑥 만나자고 한 거 미안해요."

당황스럽기도 하고 한편으로는 기대감도 들었다. 예전에 항상 과감하고 자신감이 넘쳐나며 확신에 찬 목소리로 자신의 주장을 펴던 그 모습을 다시 볼 수 있다는 게 설레기도 했다. 그녀가 목소리를 낮추며 말한다.

"단도직입적으로 부탁할게요. 후배하고 제가 기주 씨 집에 며칠 동안만 지냈으면 해서요. 마땅히 머무를만한 데가 없어서 이렇게. 이유는 먼 후일 서로가 편안해지는 날에 안주 삼아 꺼내 놓을게요."

전후 사정을 묻는 것이 정상적이지만 말을 못 하겠다는 것에 대해 굳이 토를 달고 싶지 않았다. 연인에서 친구로 격하된 것이면 얼마든지 나눌 수 있는 대화였다. 더군다나 후배까지 동석한 마당에 그냥 미루어 짐작하는 것이 편할 듯싶었다. 오히려 퍼즐을 맞추는 긴장감을 불러일으켰다. 얼마 전에 구청 가까운 데 방 두 개짜리로 이사했기에 곁 식구가 생활하는 데 큰 지장은 없을 것이다. 다만 명순 씨가 가끔 반찬을 만들어 집에 들른다는 것이 마음에 걸렸다.

"명순 씨 마음을 다시 찾아올 방법이 없을까?"

"사람 마음이라는 게 그리 간단하지가 않아."

"그녀에 대한 미련 때문에 혼란스럽긴 했어도 명순 씨와 헤어진다는 생각은 해보지도 않았어."

"그녀의 입장에서 보면 명순 씨란 존재를 몰랐고, 수배 중인 후배에게 은신처를 제공한 너에게는 고마움을 느꼈을 것이고, 거기에 대한 자기만의 방식으로 보답한 거지. 아마 그녀의 키스는 '우리 다시 시작해도 될까요'라는 의미보다는 '말없이 무덤덤하게 대해주어 감사해.'일 거야. 그런데 이런 상황을 명순씨 입장에서 생각해 봐."

"명순 씨는 그녀와 키스한 거 몰라. 단지 내가 살고 있는 공간에 외간 여자가 생활하고 있는 것에 대해서, 피치 못할 사정이라는 전제를 인정하지 못하겠다는 거야."

"그러니까, 명순 씨는 키스보다 더한 상상을 했을 것이고, 진실과 거짓을 떠나 너에 대한 배신감으로 자존감이 사라졌을 거야."

"내가 너무 안일하게 생각했네. 그녀가 만나서 자초지종을 말하겠다는 제안도 명순 씨가 단칼에 거절했어. 당신을 미워하는 건 아니라고 했대."

"그게 더 무서운 거지. 상대방의 너그러움에 기댈 수 있는 문제는 아냐."

"집에서 넷이 마주치기 전에 사전에 명순 씨에게 설명을 하지 못한 것이 후회된다. 아니, 내가 비겁했어. 이대로 깨끗하게 물러서야 하나."

"인내심을 가지고 정성을 다해 관계를 복원한다고 할지라도 그건 완전한 게 아니야. 평생 따라다니고 향후 명순 씨와 너의 인생에서 기회 있을 때마다 동원되는 상처가 되겠지. 그런 것들을 감수하고서라도 명순씨와 함께하고 싶다면 최후의 방법을 생각해 봐야지."

"반전시킬 카드가 있을까?"

"강렬하기로는 붉은색이 제일이지."

"무슨 말이야?"

"위장 작전을 펴자. 피를 보여주어야 해. 잘 들어봐."

'정육점에서 돼지 피를 산다. 약국에서 붕대와 반창고를 산다. 터미널에 가까운 병원을 물색하고 병원 환자들이 임시거처로 사용하는 여관에 들어간다. 너는 손목을 그었고, 병원에서 응급 처치한 후 병실이 없는 관계로 여관에 숙박한 거다. 내일 아침 내가 명순 씨 직장으로 가서 이 소식을 알린다. 명순 씨는 조퇴 라도 해서 너를 즉시 찾는다. 너와 명순 씨가 만나는 그 순간까 지는 내가 만든다. 특히 손목에 감은 붕대에 피를 너무 범벅으로 묻히지 말고 적당히 배어 나오록 해야 해. 호소하고, 읍소하고, 설득하고, 간절한 눈망울, 비장한 표정 등 모든 방법을 동원해서 마음이 돌아서게 만들어야지.'

거짓말처럼 연극은 순조롭게 진행되었다. 남은 것은 기주가 명순 씨의 마음을 다시 얻는 것이다. 기주의 목소리만 간간이 복도로 흘러나오는 게 불안하긴 했지만, 꽤 긴 시간 둘은 함께 있었다.

방을 나서는 명순 씨의 눈두덩이 퉁퉁 부어 있다. 배웅하는 길, 가로수 아래 벤치에 앉기를 권한다. 각본대로 명순 씨가 기주에게 선물했다는 손수건을 건넨다. 잠시 손수건을 바라보더니 끝내 받지는 않는다. 방에 둘이 있는 동안 기주가 어떤 말을 해도 아무런 응대도 없이 그저 하염없이 눈물만 흘렸다고 한다.

"이렇게 가시면 기주의 가슴이 미어터질 겁니다.

"그렇게 되어도 어쩔 수 없어요."

"너무 모질군요."

"모질기는 기주 씨가 더한 거 아닌가요? 세상에, 자해라니."

"기주는 용서와 화해를 떠나 진심을 보여주고 싶다고 했습니다."

"좋은 추억만 가지고도 결혼생활이 순탄치 않을 텐데, 미련 때문에 자신의 몸을 저리 학대하는 사람과 장래를 꾸려나갈 자신이 없어요."

"성인도 주장의 반대편에게는 상처를 주는데 하물며 바다와 같은 사람의 마음을 어찌 다 헤아리며, 올바른 판단만 할 수 있겠습니까?"

"옛 연인의 부탁을 정중히 거절하거나 다른 장소를 물색해야

했어요. 적어도 저와 기주 씨의 추억이 깃든 그 집에는 들이지 말았어야죠. 과거의 인연을 끝까지 비밀로 했어야죠. 옛사랑의 감정은 당사자들만 가지면 되는 거지 제삼자가 공유할 수는 없는 거예요"

"이성을 기대하는 게 아니라 감정에 호소하는 것입니다."

"이제 가볼게요."

자리에서 일어나 그녀가 목례를 한다. 터벅터벅 버스정류장을 향하는 그녀의 그림자가 기주가 누워 있는 여관 입구에서 멀어지고 있다. 그 그림자 위로 붉은 노을이 내려앉고, 삶의 무게를 한가롭게 들어 올리려던 청춘의 몸부림은 관계인들에게 각자의 의미를 부여한 채 추억으로만 남아 있다.

인연

바라본 하늘은 무심했다. 봄은 아직 오고 있는 중이라 주차장의 공기는 차가웠다. 시린 두 손을 뒷주머니에 꽂고, 입은 담배를 물었다. 바람에 몸을 맡긴 연기를 따라 그녀의 생각이 쫓아간다. 더 이상 미련 갖지 말고 제대로 인정해주는 직장을 찾아 나서야겠다.

"은영씨, 무슨 생각을 그리도 골똘히 하는가요?"

"아, 예, 그냥, 이것저것."

"요즘 들어 얼굴에 그늘이 잔뜩 드리워져 있던데요."

"계장님 눈에 들켰네요."

"퇴근 후에 시간 되면 소주나 한잔."

직원 회식 때 말고는 말 한 번 섞어본 일이 없는 사람이 갑자기 술을 먹자고 하니 은영의 머릿속이 일순 복잡해졌다. 그럼에도 거절하기에는 왠지 어색한 기분이 들었다. 인사팀에서 일하는 그였다.

"도원정 음식이 괜찮던데, 거기 어떠세요?"

"좋습니다."

게걸스러운 모습을 보이기 싫어서 제육볶음을 시켰다. 상추에 싸서 각자 입으로 가져가면 되었다. 세 잔 정도 부딪히고 나서 계장이 입을 뗀다.

"기쁜 소식 먼저 알려드리고 싶어서요."

"……."

"은영 씨, 이번에 정식계약직으로 될거 같습니다. 기관장이 결재는 했고, 2개월 뒤에　최종결정문이 전달될 것입니다. 축하드립니다."

그녀는 잠시 눈 깜빡임도 잊은 채 남자를 바라보았고, 그는 씨익 웃었다. 용역직으로 들어온 지 5년의 세월이 흘렀다. 다른 직원들과 겉돌았다. 3년째에 정식계약을 요청한 제안이 뭉개지는 동안 그 소외감은 이루 말할 수 없었다. 삼천여 명의 고객을 관리하고 삼만여 명에게 미래의 비전을 제시하는 이곳에서 패배감을 맛본 채 떠나갔을 것이다. 오늘 이 애정 어린 정보가 없었다면. 그녀의 뇌리에서 늘상 맴돌던 사직서가 훨훨 날아갔다. 며칠 동안 술자리는 계속되었다.

"역량 있는 사람은 조직에서 견인해야 한다고 생각합니다. 직급의 구간이든, 직위든, 보수든, 합리적인 시스템에 기반하여 말입니다."

"그것이 조직과 구성원의 신뢰로 되는 거죠."

"평생직장이 될 수 있다고 생각하면 그만큼 책임감은 높아집니다."

"그럼에도 현실은 오히려 기회를 박탈하고 동료의 성장을 경계합니다."

"알아서 살아남아 봐라, 각자도생의 문화가 지배합니다. 그러다 보니 개인별로 빽 있는 것이 능력이 되고, 금품을 동원하여 생존 시장에서 살아남으려 발버둥칩니다."

"한마디로 동료애, 상사에 대한 존경심 같은 게 들어설 자리가 없죠."

"상층 간부들은 초과성과에 집착합니다. 압박이 곧 권력입니다. 중간층 간부들은 자신의 지위와 역할이 훼손되지 않으면 적극적이지 않습니다. 부하직원들을 재량이라는 권력으로 통제할 수 있으면 만족해 합니다."

신자유주의의 배설물인 고용의 비윤리성과 일등만이 살아남는 경쟁일변도의 조직 운영이 인간을 얼마나 천박하게 만드는지 침을 튀기며 이야기했다. 조직의 성과와 배분에 관한 합리적 대안을 찾아가는 과정은 결국 중간층 간부의 인식 변화가 없는한 지난한 여정이 될 것이라는데 입을 모았다. 상층 간부들에게 하부 직원들의 권리 향상을 제안하고, 정연한 질서를 요구하고,

때로는 들이받기도 하는 용기 있는 중간층이 핵심이다.

아무리 좋은 생각이라도 동력이 없으면 도로아미타불이다. 말만 가지고는 설득력이 없다. 모범을 창출해서 다른 이들에게 보여주어야 추진력이 생기는 거고, 그러려면 그에 걸맞게 지위와 역할을 높여나가는 것이 출발점이었다. 개인적인 야망이기도 했지만 낡은 것을 깨뜨리는 데는 반드시 필요했다. 둘은 마치 오래 전부터 숙의해온 것처럼 국면마다 현상을 날카롭게 분석하고, 끈질기게 방도를 찾아냈다. 감탄하면서 서로 희망을 발견해나가는 과정이기도 했다. 사기가 떨어져 아슬아슬한 직장생활을 해나가는 직원 여럿에게도 희소식이 아닐 수 없었다.

어떠한 구상이 생각에만 머무르지 않고 말로서 의지를 표명하면 동반하여 행동으로 옮기는 견인차가 된다. 두 사람을 지켜본 제 삼자의 전언에 따르면, 은영은 누구도 대체할 수 없을 정도로 조직에 필요한 사람이 되기 위해 개인 역량을 높이는 일정을 전투적으로 소화했다, 그런 은영이 믿음직스러워 조성희 계장은 포장마차 국숫집에서 늦은 시간 교육이 끝나는 그녀를 기다리곤 했다. 그의 눈은 새로운 정보와 진전 있는 상황의 전개로 반짝반짝 빛났다. 그녀의 입가에는 미소가 떠나지 않았다. 살맛나는 세상이다.

포부가 커질수록 적들은 많아진다. 조성희 계장 또한 예외는 아니어서 기존의 틀에 가두려는 세력의 치졸한 계략은 이제 갓 개혁의 발을 내딛는 그를 사지로 내몰았다. 어렵게 구축한 인적 자원이 파편처럼 흩어져 고립무원이 되기도 했다. 이럴 때마다 은영은 여성이 가진 섬세한 배려로 그를 위로하고 북돋았다. 결코 포기할 수 없다고, 더욱더 전장 깊숙이 들어가야 한다고, 여인은 사내에게 훨씬 두툼해진 갑옷을 내밀었다.

"은영 씨, 이번에 제가 법인총무처로 발령 났습니다."

"어머나, 역시 시궁창 같은 세상에도 인재를 알아보는 눈은 있는 것 같습니다."

"저 없다고 너무 외로워하진 마시구요. 상부에서 차별의 장막을 걷어내는 일에 당차게 나서보겠습니다"

"드디어 그간 갈고닦은 실력을 발휘할 기회가 왔군요."

"이제는 과장이라고 불러 주십시오."

"네, 조성희 과장님."

"기획과 예산을 담당하는 기획처, 인사와 재무 및 회계를 담당하는 총무처, 단위사업체를 담당하는 사업처, 법인이 소유한 시설물을 담당하는 시설안전처가 있습니다."

"전체 조직구성원들의 운명을 관장하는 곳이니 과장님의 염원이 닿았습니다. 더군다나 재무회계에도 밝으시잖아요."

"목표는 모든 부처를 관장하는 전략기획위원회입니다."

"쉽지만은 않을 겁니다."

"보신주의와는 진즉 이별했습니다."

은영은 기뻤지만 한편으로는 쓸쓸하기도 했다. 데이트할 기회가 현격히 줄어들겠지. 떨어져 있으면 불안감은 커지고 그리움 때문에 잡념이 휘감겠지. 하지만 그녀는 그가 설계하는 조직의 미래를 응원했고, 그는 그녀가 살아온 지난날의 경험을 인정했다. 서로 복숭아와 장미를 선물했다. 그녀는 프러포즈라고 했고, 그는 도원결의라고 했다. 나란히 걷는 길 위의 낙엽을 흐트러뜨리며 바람이 그가 맨 넥타이를 목에 감기도 하고 어깨너머로 날리기도 한다. 귀찮은지 그가 넥타이를 풀려고 한다. 그녀는 그의 손을 제지하고 넥타이를 반듯하게 조인 후 끝을 와이셔츠 단추 사이로 밀어넣었다.

발령 첫날 책상 위에 조그마한 상자 하나가 놓여있다. 포장을 뜯은 그의 손에 넥타이핀이 들려있다.

김
혜
순

내가 그리는 세상

내가 그리는 세상

2022년 5월, 대한민국엔 많은 변화가 찾아왔다. 그중에는 러시아와 우크라이나 간의 전쟁으로 인해 경유가격이 급등하는 사건이 있었으며, 또 20대 대통령 취임과 당선인의 공약에 따라 집무실이 이전하는 일도 있었다.

그래도 우리에게 찾아온 가장 큰 변화는 사회적 거리두기 해체가 아닐까 생각한다, 사회적 거리두기 해체가 코로나 종식을 의미하는 것은 아니지만 우리는 마치 코로나 이전의 삶을 사는 것과 같은 자유로움이 생겼다. 가게들은 제한 없이 영업하게 되어 서울은 다시 잠들지 않는 도시가 되었으며, 그에 맞게 거리에도 늦은 시간까지 사람들이 돌아다니기 시작했다. 조금씩이지만 우리는 다시 코로나 유행 전의 삶으로 돌아가기 시작했다. 하지만 집에서 회사나 학교에 가는 것만큼은 코로나 시대의 비대면 즉, 언택트(untact) 시대에 머문 듯 보인다.

언택트 시대는 이미 준비된 시대였다. 초고속, 초저지연, 초연결이 가능한 5G 네트워크와 스마트폰, 태블릿, PC 등 다양한 디

숲 그늘 아래에서

바이스의 발전과 보급 등은 우리가 언택트 시대를 살아가기에 필요한 요소다. 하지만 검증되지 않는 효율성을 비롯하여 몇 가지 이유로 시행되지 않고 있었을 뿐이다. 하지만 코로나로 인해 언택트 시대의 문을 열 수밖에 없었고, 코로나로 인한 규제가 풀린 지금도 언택트 삶을 요구받고 있다.

실제로 혁신을 외치는 구글이나 삼성과 같은 대기업에서는 코로나 이전부터 언택트 업무는 조금씩 시행된 문화였으며, 금융 혁신을 외치는 은행들 역시 핀테크(fintech)를 외치며 언택트 시대에 맞는 변화에 발을 맞추고 있다. 교육 역시 이전부터 홈스쿨링(Home Schooling)과 같은 제도를 통해 학교에 가지 않아도 교육이 가능하다는 사례를 증명한 바 있다. 다만 점진적으로 진행된 언택트 문화에 코로나가 기름을 붓는 격이 됐을 뿐, 어린 시절 우리가 상상하던 미래의 모습이 그대로 실현되고 있다.

초등학교에서 초등학교로 바뀐 지 얼마 되지 않았을 무렵, 나의 두 자녀는 초등학교에 입학하였다. 그때만 하더라도 촌지문화라든가, 체벌문화와 같은 악·폐습이 남아 있었다. 실수와 잘못에 있어 명확한 인과관계를 따지기보다는 회초리나 손으로 사건을 마무리 짓는 것이 적어도 내가 아이를 키우던 시절에는 보편적인 문화였다. 그럼에도 다행이었던 점은 내 아이들이 초등학교에 다녔기에 국민교육헌장을 외우며 암기력을 검증받는 식의 낡은 교육 대신 변화하는 미래에 대한 교육이 주를 이루었다. 지금이야 그 모습을 찾기 힘든 엄청난 크기의 컴퓨터에 플로피디스크를 넣어 컴퓨터를 배웠고, 그다음 해에는 컴퓨터에 CD를 삽입하여 영어를 듣고 따라 부르는 등 스마트폰이 보급된 현시대에서 보면 어설프고 우스운 행동이지만, 당시에는 그러한 교육이 성행하였다. 그때 내 아이들이 학교에서 그려오던 미래도시 속 모습은 자동차가 하늘을 날고, 휴가 행선지는 우주가 되었으며, 얼굴을 보며 통화를 하고, 모든 일은 컴퓨터와 로봇이 대신 한다는 내용이었다. 세상을 살 만큼 살았다고 생각하는 그 당시의 나에게는 허무맹랑하기 그지없던 그 내용들, 그리고 나는 지금 그런 허무맹랑한 시대에 살고 있다.

어린아이들이 어느덧 군대에 다녀오고, 엄마가 되어 자식을 낳고, 나는 할머니가 되기까지 20여 년, 그 사이 내가 살던 세상은 너무나도 변해 버렸다. 버스를 탈 때 더 이상 토큰을 내지 않아도 되었고, 집 전화를 사용해도 인터넷이 끊기지 않게 되었고, 돈을 송금하기 위해 은행에 가지 않아도 되었다. 또 영화를 예매하기 위해 며칠 전부터 영화관에 가서 표를 미리 사놓지 않아도 되었다. 이제는 스마트폰 하나만 있으면 위에 나열한 것은 물론 다양한 일을 손쉽게 할 수 있는, 하나로 연결된 IOT(internet of things)시대가 도래했다.

IOT시대에는 Mp3도 App이 되었고, 카메라도 App이 되었다. 책도 App이 되었고, 은행이나 백화점도 App이 되었다. 기술은 우리 주위에 많은 것들의 이름을 App으로 만들었다. 그렇기에 혼자 백화점에서 옷을 사지 못하는 사람도, 배달 전화를 하지 못하는 사람도, 길을 찾지 못하는 사람도 스마트폰 하나만 있으면 뭐든지 할 수 있게 되었다. 이렇듯 기술의 발전은 누군가의 도움 없이 모든 일을 자립적으로 해결할 수 있는 힘이자 원동력이 되었지만, 나에게는 그다지 달갑지 않은 일이다.

기술의 진보는 인류에게 편리함을 선사했다. 이는 부정할 수 없는 명백한 사실이다. 그리고 나 역시 진보된 기술로 인한 혜택을 누리고 있는 것도 사실이다. 사이렌 오더로 줄 서지 않고 커피를 받을 수 있으며, 비디오 대여점에 가지 않더라도 흘러간 영화나 드라마를 손쉽게 찾아볼 수 있게 되었다. 손 하나만 까딱하면 모든 것이 해결되는 세상이기에 많은 것을 하지 않아도 된다. 비디오 대여점에 가서 어떤 영화가 재미있는지 묻지 않아도 인터넷 후기나 빅데이터 알고리즘을 통해 내 취향에 맞는 작품을 추천받을 수 있고, 기사님에게 목적지를 이야기하며 이런저런 설명을 하지 않아도 택시는 알아서 원하는 목적지를 찾아간다. 나는 분명 모든 것이 연결된 시대에 살고 있다. 윗집에 누가 사는지 모르게 되었고, 주변 지인을 만나려 하기보다는 메신저를 통해 안부를 묻는 정도로 관계를 이어 나간다.

발전하고 진화하는 모든 기술은 공익 즉, 모두가 편리한 삶을 누릴 수 있는 방향으로 진일보하였다. 모든 것이 과거보다 편리해지고, 풍요로워진 현재를 면밀히 살펴보면 '나'는 있지만 어디에도 '너'는 보이지 않는다. 그저 모든 것이 연결되어 있다고 생각하는 손바닥만 한 크기의 작은 화면에 갇혀 살아가는 느낌이 간혹 들곤 한다. 양옆을 가리고 앞만 보고 달리는 경주마처럼 좌우에 있는 세상은 보이지 않는 것처럼 살아간다.

기술의 발전은 불가피한 영역이다. 5G 네트워크의 초고속, 초저지연, 초연결 환경으로 인해 지금 연구 중인 많은 기술이 상용화가 되고 스페이스X가 우주에 몇 번 더 간다면 우리는 원하든 원치 않든, 과거에 그리던 미래사회에 살아갈 것이다. 궁금하다, 2022년 5월의 상황이 5년 후에는 어떻게 귀결될지.

그립다, 메신저로 연락을 주고받지 않아도 친구와 만날 수 있던 그때가. 길을 가다 목이 마르면 근처 가게에서 물을 마시던 때가. 작은 스마트폰으로 연결되기 이전에 존재했던 더 끈끈하게 연결된, 내가 그리는 세상이다.

숲 그늘 아래에서

김혜순